LE
MASQUE DE FER
OU LES
AVANTURES
ADMIRABLES
DU
PERE ET DU FILS;

QUATRIE'ME PARTIE

A LA HAYE,
Chez PIERRE DE HONDT.
MDCCL.

LE
MASQUE DE FER
OU
LES AVANTURES
ADMIRABLES
DU PERE ET DU FILS;

CHAPITRE XV.

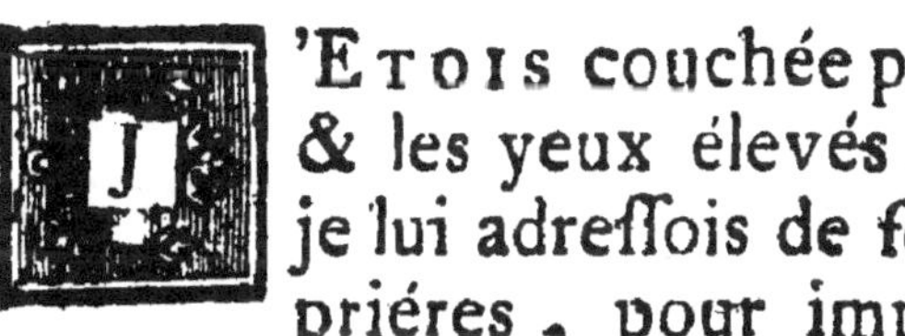

J'ETOIS couchée par terre, & les yeux élevés au Ciel, je lui adreſſois de ferventes priéres, pour implorer ſa miſéricorde & le toucher en ma faveur, lorſqu'un des ſoldats de Guſman Dalinkaras entra précipitamment dans ma chambre & me ſu-

plia, de la part de son Chef, de lui
faire la grace d'entrer dans celle où
il étoit, en m'assûrant qu'il étoit à
sa fin, & qu'il m'étoit d'une conséquence extrême de le voir avant qu'il
mourût. Je conçûs l'importance de
cette démarche dans la terrible situa-
tion où je me trouvois : je m'y traînai.
Gusman sembloit rendre à la mort,
à peine me reconnut-il : ses mains
voulurent se joindre & me demander de sincéres pardons, mais une
foiblesse qui le suffoqua l'empêcha
de parler. Quelqu'irritée que je fusse,
cet aspect touchant m'attendrit ;
voilà donc à quoi aboutissent tant
passions, de peines & de soins, m'é-
criai-je, & je me mis à pleurer pé-
nétrée de la force de ces mots.

Je croyois que Gusman étoit mort,
& tout le monde le crut comme moi :
Je me voyois abandonnée dans un
Vaisseau au milieu d'une mer incon-
nuë. Que me restoit-il encore à en-
visager ? une mort certaine. Hélas !
dans l'horrible extrémité où je me
trouvai bien-tôt après, c'eût été le
bien le plus doux. Mais je n'étois
pas

pas encore à la fin de mes malheurs, il étoit dit que je devois être expoſée à tout ce qu'il y avoit de plus affreux.

A PEINE Guſman Dalinkaras fut-il tombé en létargie que l'équipage le croyant mort, ou du moins qu'il n'en reviendroit jamais, ſongea à s'élire un Chef. La diviſion à ce ſujet, ſe mit dans le Vaiſſeau; chacun voulut faire parler ſes droits, & comme on n'en connoiſſoit point, ou plûtôt qu'on n'en vouloit point connoître que ceux de la force & de la poſſeſſion, on en vint aux armes & on ſe battit : extrêmité funeſte, l'on combattoit pour le Commandement, pendant que l'on avoit à combattre contre les écueils, & contre la mort. Juſqu'à quel excès peut ſe porter l'orgueil & l'ambition, puiſqu'aux portes du tombeau l'on ne ne peut s'en dépouiller !

APRE'S deux heures de cruautés inouies, le plus déterminé d'entre ces malheureux Avanturiers, fut reconnu Capitaine. C'étoit un vieux Sergent de Marine, dont l'aſpect terrible étoit ſeul capable d'intimider &

de faire obéïr : il débuta par defcen-
dre Gufman Dalinkaras, qui n'étoit
pas encore revenu de fa foibleſſe,
dans un eſquif avec quatre de ceux
qui s'étoient opoſé le plus intrépide-
ment à fon élection ; il les abandon-
na au gré de Neptune. Après cette
cruelle expédition, il fe préſenta à
mes yeux, me dit qu'en héritant du
Commandant du Vaiſſeau la fouve-
raine autorité, il héritoit des droits
qu'il avoit acquis fur moi ; en vain me
jettai-je à fes genoux, & le fupliai-je
d'épargner mon honneur, fans lequel
je ne pouvois vivre, il répondit bru-
talement qu'il ne reſſembloit pas à
Gufman, & qu'il ne fe payoit pas de
fi fortes défaites : à l'égard de la mort
que je le menaçois de me donner, il
me dit que j'y penſerois à deux fois, &
qu'en cas que je fuſſe aſſez folle pour
recourir à cette extrêmité, que la mer
me ferviroit de tombeau, & qu'il s'en
confoleroit.

Je frémis de la façon cruelle de
penfer de cet homme, je voulus le
tenter par l'intérêt, je luis offris une
rançon confidérable, en cas qu'il
voulut

voulut me ramener en Angleterre
ou en Espagne, il sourit dédaigneu-
sement de ma proposition, il répondit qu'il n'étoit pas assez fou ni personne de son équipage, pour aller de
gayeté de cœur se faire punir dans
ces Climats, de mille crimes dont ils
étoient tous souillés, & dont le sou-
venir faisoit leur félicité. O Ciel !
m'écriai-je, aye pitié de moi, sans
ton secours que puis-je faire, faut-il
que je périsse aussi cruellement ? La
terrible Sergent s'aprocha de moi,
me dit à l'oreille de me consoler, &
qu'il attendroit jusqu'à la nuit à consommer ses résolutions : après ce peu
de paroles il me laissa. *Clémélie* me
conseilla de prendre le parti de flé-
chir à ma destinée en m'assûrant qu'il
n'en seroit ni plus ni moins. Ce conseil me révolta, je n'avois pas vou-
lu me rendre aux ardeurs d'un Roi
puissant que j'aimois, & j'aurois eu
la lâcheté de satisfaire les desirs de ce
monstre ! mourons donc me dit en
soupirant ma triste Confidente, voilà
le seul reméde que nous pouvons imaginer, pour nos maux présens.

JE l'ai déja dit, ma foiblesse pour la vie étoit si grande, que je ne pouvois me résoudre à la perdre; j'avois des frayeurs extrêmes à ce sujet, je me mis à pleurer amérement. Clémélie en fit autant, cela ne nous avançoit de rien, la nuit aprochoit, il falloit se décider.

MA Confidente fut touchée de ce que je semblois souffrir. Après un profond soupir, elle me demanda à quel parti je prétendois enfin me résoudre. A mourir, lui dis-je en versant un torrent de pleurs : oui, de mourir plûtôt que de perdre un bien pour lequel j'ai déja tant souffert ; elle continua à me questionner, & à vouloir aprendre de moi si le sacrifice à mon honneur étoit permis, & si dans une extrêmité aussi cruelle, il étoit de loi naturelle de se donner la mort pour le conserver ; l'honneur & la vie ne peuvent se recouvrer ; j'en conviens, ajoûta-t'elle, mais cet honneur si cher ne git-il pas dans l'opinion des hommes : qu'ils ignorent à jamais cette perte, quelque certaine qu'elle soit, cet honneur sera conservé ;

conservé ; il n'en est pas de même de la vie, sa perte est réelle, & l'on ne peut la dissimuler.

Je regardai ce discours comme celui d'une personne à qui les aproches de la mort tournoient l'esprit. Je crains autant cette mort cruelle que toi, repris-je, & je voudrois pouvoir l'éviter : je n'en connois qu'un moyen, ajoûtai-je en la regardant fixement. C'est de faire en cette occasion ce que tu as fait en Espagne. Tente encore de passer pour moi cette nuit, si tu t'y résous, je consens à conserver tes jours & les miens.

A ce discours imprévû, Clémélie tomba dans une rêverie profonde : elle n'en sortit que pour me dire de lui donner mon habit, je devinai son projet & elle me l'expliqua. Elle ne doutoit pas que le terrible Sergent n'entra dans notre chambre avec de la lumiére, elle me dit que trompé par ce déguisement, il seroit la dupe du changement de nos habits, & que, sous prétexte de la honte que son aproche lui causeroit, elle se couvriroit si bien le visage qu'il ne

A 4 pourroit

pourroit la soupçonner de ne pas
être ce qu'elle consentoit à paroître,
pour me prouver son zèle & son
affection. En effet ils ne pouvoient
être poussés plus loin. Je trouvai
l'expédient admirable, & je l'em-
brassai, bien résoluë de mon côté,
de me cacher si bien que je ne nui-
rois pas à un si sage projet.

LE Ciel permit par une tempête
qu'il suscita, (& que je regardai
comme un miracle,) que ces moyens
affreux n'eussent pas lieu ; avant que
la nuit fut passée nous fimes naufra-
ge dans l'Isle où vous m'avez reçûë
si humainement, vous sçavez le reste ;
qu'aurois-je à ajoûter sinon de vous
suplier de continuer à me proté-
ger & à me cacher, de sorte que le
premier Ministre mon Pere n'apren-
ne jamais ce que je suis devenuë. Je
ne puis pas douter de mes sentimens
actuels, je n'ai rien à craindre de leur
part, je sçais que la passion fatale
dont mon cœur étoit dévoré pour
lui, n'existe plus ; mais qui pourra
me répondre de la maniére dont pense Milord Portemhil pour moi, n'est-
ce

ce pas tout rifquer que de me mettre dans le cas d'être la victime de nouveaux malheurs.

La fage Keelmie après ces mots foûpira amérement, & termina ainfi fa fatale Hiftoire. Dom Pédre & Emilie, qui n'avoient plus aucunes raifons de fe défier de cette vertueufe fille, en uférent alors avec elle avec confiance. Quelle fut fa furprife en aprenant quelles étoient les perfonnes qui la protégeoient : leurs malheurs n'égaloient-ils pas les fiens ; elle témoigna fa confolation par les difcours les plus propres à la perfuader, & protefta qu'elle n'avoit plus rien à craindre de fa deftinée, puifqu'elle fe trouvoit avec tout ce qu'il y avoit de plus digne d'être refpecté dans le monde.

Apre's des témoignages réciproques de reconnoiffance & d'amitié, l'on tint confeil fur le parti qu'on avoit à prendre. Dom Pédre, fans déclarer fes vûës fecrétes, décida qu'il falloit continuer à fe conduire comme on avoit fait jufques-là, & qu'on en uferoit dans les fuites felon

les

occurrences, & ce qu'il conviendroit aux intérêts préfens.

CEPENDANT le Roi d'Angleterre, qui depuis le changement heureux qui étoit arrivé à fes affaires, ne pouvoit plus fe paffer de Dom Pédre auquel il en attribuoit le fuccès, fit interrompre cette conférence par un Gentil-homme, qui l'avertiffoit de fa part, qu'il pafferoit lui-même chez lui à l'entrée de la nuit, accompagné de fon premier Miniftre, pour l'entretenir d'affaires importantes. L'on juge bien que cette nouvelle allarma Keelmie, elle en pâlit. La Princeffe la raffûra, & lui promit de ne pas la quitter, il n'y avoit pas aparence que le Roi & encore moins Milord Portemhil fiffent une perquifition dans la maifon de Dom Pédre: d'ailleurs l'Apartement de Keelmie étoit fi reculé qu'elle y étoit à couvert des hazards qui pouvoient arriver.

A PEINE les ombres de la nuit eurent-elles couvert l'hémifphére, que le Roi d'Angleterre fe rendit chez Dom Pédre avec fon premier Miniftre.

Miniſtre. Lorſque les portes du Cabinet furent fermées, le Souverain s'exprima dans ces termes.

Vous vous cachez de moi, Dom Pédre, & je n'ai rien de caché pour vous : à ce début le nouveau Général pâlit, remettez-vous, continua le Prince, vous concevez par la connoiſſance que j'ai de votre véritable nom que je ſuis informé de la vérité de votre Etat : ſi je m'en raportois aux lettres du Roi d'Eſpagne que je viens de recevoir, vous auriez mérité votre diſgrace & vos malheurs ; mais ne craignez rien, vous m'avez bien ſervi, je vous ai remis la gloire de ma réputation entre les mains, & quelque choſe qui puiſſe arriver, je ne ferai jamais la paix à vos dépens.

Apre's ce diſcours, le Roi tira une lettre de ſon ſein & la remit à Dom Pédre : liſez, lui dit-il, je viens exprès pour en concerter avec vous la réponſe, mon procédé vous prouve aſſez mes intentions, il ne vous eſt pas difficile de les pénétrer. Dom Pédre ſe trouvoit trop flatté des

diſtinctions

distinctions du Roi pour ne pas ea
exprimer fa reconnoiffance dans les
termes les plus refpectueux. Après
un nouvel ordre de lire une lettre qui
devoit l'interreffer au dernier point,
il l'ouvrit, & y trouva ces mots qui
le firent frémir plus de cent fois de
fureur.

LETTRE

DU

ROI D'ESPAGNE

AU

ROI D'ANGLETERRE.

MON CHER FRERE.

LE Courier qui aura l'honneur de
prefenter ma lettre à Votre Ma-
jefté, eft mon grand Ecuyer, vous
ajoûterez foi à tout ce qu'il dira comme à moi-même; les différends qui
régnent entre les Rois n'empéchent
ni la politeffe ni les procédés. Je vous
demande

demande un traître échapé à ma
juſtice qui ſe cache dans vos Etats
ſous le nom de Dom Diégue, & qui
n'eſt autre que Dom Pédre, un in-
grat, un perfide, que j'avois comblé
de mes bien-faits, & qui m'en a payé
par des noirceurs ſi affreuſes qu'il ne
m'eſt pas permis même de les révéler. Votre Majeſté peut juger de mon
reſſentiment par la grandeur du for-
fait ; reſſentiment ſi juſte, que je pé-
rirois plûtôt moi-même que de ne pas
m'en venger : vous penſez trop bien
pour éluder une grace que je vous
accorderois moi-même en pareil cas.
Le Marquis della Doloré vous apren-
dra le reſte. Je deſire la paix, nos
Miniſtres en conféreront quand il
vous plaira, mais il faut que Dom
Pédre en ſoit l'acceſſoire. Je prie
Dieu, Mon cher Frere, qu'il tienne
Votre Majeſté en ſa ſainte garde.
Signé *To el Ré.*

Le Roi d'Angleterre n'attendit
pas que Dom Pédre ſe juſtifia : je
vous crois innocent des accuſations
qu'on vous impute, lui dit-il, vous
êtes trop brave & trop généreux
pour

pour être traître ; mais il ne suffit pas d'être innocent à mes yeux, il faut que toute la terre pense comme moi : à la veille d'une guerre plus cruelle que les précédentes, & continuée en votre faveur, il convient que tous mes voisins en aprouvent les causes. Autant la protection que je vous donne sera-t'elle du goût de tous les Princes, en cas que vous la méritiez, d'autant plus serois-je condamné si j'étois soupçonné de soûtenir la perfidie & la trahison. Défendez-vous Dom Pédre, ajoûta le Roi avec bonté, justifiez-vous envers le Roi d'Espagne, je serai moi-même le premier à publier votre innocence ; en attendant vivez tranquile dans mes Etats : à l'abri de ma puissance, vous y serez en sûreté, & le Roi d'Espagne tout grand qu'il est, ne pourra rien contre vous.

DOM PE'DRE pénétré de la plus parfaite reconnoissance se jetta aux pieds du Monarque, & lui fit part avec une confiance naïve de la maniére dont il avoit épousé la Princesse Emilie, & des suites cruelles qu'a-

voit

voit eu cet Himen. Le Roi s'attendrit plufieurs fois à ce récit, mais
ce qui lui caufa une admiration fans
égale, fut la réfolution que marquoit
Dom Pédre de ne jamais fe juftifier,
s'il étoit obligé de compromettre la
réputation de la Sœur du Roi d'Efpagne. Il étoit certain que la paffion
de cette Princeffe étoit le feul principe des crimes qui lui étoient im-
putés, il ne pouvoit les juftifier fans
découvrir le fecret d'une paffion trop
vive; il aimoit mieux, continuoit-il,
être le feul criminel, & périr plûtôt
mille fois que d'avoir fa grace à ce
prix.

Milord Portemhil, qui fut conful-
té fur ces embarras, & qui fçavoit par
expérience qu'on n'eft pas toûjours
le maître des fentimens du cœur,
s'interreffa tendrement pour Dom
Pédre, & fut long-tems à réfléchir
fur les biais qu'on pouvoit prendre
dans une occafion auffi délicate ;
après avoir médité quelque tems, il
propofa un moyen qui paroiffoit rif-
quant pour le falut de Dom Pédre,
mais qui felon les raifons qu'il allégua

fc

se trouvoit le plus sage & le plus
convenable. Le Roi frémit de ce
moyen, c'étoit de demander une
tréve, & de proposer un Ambassadeur au Roi d'Espagne, & cet Ambassadeur devoit être Dom Pédre.
Afin qu'il ne put être refusé, on
devoit lui suposer un autre nom que
le sien : il étoit arrêté que sous ce
nom, il demanderoit une audience
secrete qui lui seroit vrai-semblable-
ment accordée, alors Dom Pédre
devoit se jetter aux pieds Roi, lui
révéler le secret de la passion de la
Princesse sa Sœur, de laquelle il n'a-
voit pû se défendre, s'avoüer cou-
pable, & dire qu'il avoit mieux aimé
risquer mille fois sa vie, que de se
justifier en aprenant à d'autres qu'au
Roi, un secret de cette importance;
quelle que soit la fureur du Souverain des Espagnes, ajoûta Portemhil,
il n'osera enfreindre le droit des gens,
il respectera en Dom Pédre l'homme
du Roi d'Angleterre ; il sçait à n'en
pouvoir douter que notre Monarque peut faire la guerre & se venger, & ces égards suffiront pour
contenir

contenir celui d'Espagne, & l'empêcher de suivre ses premiers mouvemens.

Milord conclut par assûrer qu'une démarche aussi nouvelle que hardie justifieroit Dom Pédre, & que dans les extrêmités il falloit prendre les grands partis & ne point hésiter. Dom Pédre dont le cœur étoit mâle & généreux adopta avec vivacité le conseil du premier Ministre : il le trouva digne de celui qui l'avoit donné, & malgré la répugnance que le Roi d'Angleterre marqua pour l'exécution, il fut déterminé dans cette conférence, qu'on s'y arrêteroit.

En conséquence de ces résolutions, le Courier du Roi d'Espagne fut renvoyé dès le lendemain avec une lettre du Roi d'Angleterre, par laquelle il assûroit celui d'Espagne, qu'il auroit dans peu la satisfaction qu'il attendoit ; en cette considération il demandoit une tréve & un Ambassadeur, & proposoit en même-tems l'un & l'autre : il n'étoit pas douteux que ces Propositions ne lui fussent accordées.

IV. Part.　　B　QUELQUE

QUELQUE lieu qu'eut Dom Pédre de s'inquiéter de ces chofes, il fçut fi bien fe poſſéder, que perſonne à la Cour ne put s'en apercevoir, il parut même avec un viſage tranquile au milieu des fêtes qui furent données à l'occaſion des Victoires qu'il avoit remportées, & il n'y eut perſonne, pas même Emilie, & le jeune Criſtanval, qui ne fe perſuadaſſent qu'il les partageoit avec plaiſir.

DOM PE'DRE ni fon Fils n'avoient point eu encore occaſion de faire leur cour à la Reine, ils étoient arrivés dans un tems fi critique & fi malheureux, qu'il n'avoit été alors queſtion que de combats & de guerre. Les plaiſirs fe cachent toûjours à l'aſpect du carnage & de la déſolation, l'Angleterre étoit à la veille d'être aſſervie, Bellone & Mars la ravageoient, oſoit-on voir les Dames alors, oſoit-on fonger à l'amour? Mais avant que de parler de l'entrevûë de Dom Pédre & de la Reine, il eſt néceſſaire de s'arrêter ici un moment. Quoiqu'on ait parlé de cette Princeſſe aimable, & qu'on ait

rendu

rendu juſtice aux charmes dont elle étoit partagée, il eſt convenable de raporter une anecdote qui la touche, & qui importe eſſentiellement au dénouëment de cette Hiſtoire.

CHAPITRE XVI.

DE tout tems les Rois d'Angleterre comme ceux d'Eſpagne & de Portugal, ont ambitionné d'étendre leur puiſſance dans les Indes. Celui qui régnoit alors, plus jaloux encore que ſes Prédéceſſeurs, de la découverte du Nouveau - Monde, dès le commencement de ſon Régne fit ſon objet capital ; de la conquête de ces païs loing-tains il n'épargnoit rien pour y parvenir, & récompenſoit avec tant de généroſité, ceux qui concouroient avec lui à ce projet, qu'il ſe preſentoit tous les jours de nouveaux Avanturiers, qui de leur côté, ſe portoient à le ſervir avec un zèle ſi grand qu'il ne manquoit preſque jamais de réuſſir.

 ENTRE

ENTRE tous ceux qui s'offrirent quelques années avant l'arrivée de Dom Pédre en Angleterre, pour découvrir les Terres Inconnuës, un jeune Flibuſtier ſe propoſa, & aſſûra le Roi qu'il ne paroîtroit jamais devant ſes yeux, à moins qu'il n'eut trouvé un Empire nouveau dont on n'eut jamais eu de connoiſſance, & dont la conquête fut digne de tous ſes ſoins. Le Prince enviſagea cette promeſſe comme une vanité de jeune homme à laquelle il aplaudit ſelon ſa coutume : mais ſur laquelle il ne fit aucun fond. Deux ans entiers ſe paſſérent ſans que *Martinville*, c'étoit le nom du jeune homme, donna aucunes de ſes nouvelles. De tous les Avanturiers qui étoient partis de ſon tems, il n'y avoit que lui ſeul, qui ne fut pas revenu, & dont on ignorât la deſtinée ; on ne doutoit pas qu'il n'eut péri dans des mers éloignées, & comme il étoit étranger, Portugais, ſans parens & ſans amis, on l'avoit aiſément oublié.

UN jour que le Roi revenoit de la Chaſſe, un Inconnu ſe preſenta à la la porte de son Cabinet, & demanda d'y être introduit ; ce ne fut pas sans peine qu'il obtint cette grace ; son importunité cependant la lui mérita. Le Roi ne fut pas peu surpris de reconnoître ce *Martinensès* qu'il avoit cru mort, & le raport qu'il lui fit de son voyage l'étonna encore plus.

Selon la relation qu'il donna par écrit au Roi, il rendoit compte de son expédition, où il aprit qu'il avoit pénétré dans un Empire Indien gouverné par une Mortelle, dont la beauté suprème tenoit de la Divinité. *Martinensès* avoit trouvé le secret en demeurant chez les Sauvages voisins de la frontiére, d'aprendre la Langue du Païs, & lorsqu'il s'étoit cru en état de pouvoir passer pour un Naturel de ce Climat, il s'étoit introduit dans la Capitale de l'Empire, & par ses talens & son adresse, étoit parvenu à se faire connoître de la Souveraine, & en avoit été traité favorablement.

Martinense's étoit Fils d'un Peintre, & possédoit sont art au dernier point :

point : c'étoit ce même art qui lui
avoit facilité l'accès chez ces Peuples.
On le regardoit comme un homme
illuftre, & tous les grands du païs fe
l'envioient.

La Reine fe l'étoit attaché à fon
fervice ; & cet homme dans l'idée où
il étoit toûjours, de mériter du Roi
d'Angleterre, par une découverte
de cette importance, une fortune
diftinguée, s'étoit gouverné de maniére qu'il s'étoit inftruit de tout ce
qui étoit néceffaire pour rendre une
entreprife heureufe. Il avoit étudié
les mœurs, les forces & la carte du
climat ; il poffédoit toutes ces chofes
affez bien pour que fa relation prou-
va la poffibilité d'une entreprife auffi
utile qu'elle étoit honorable pour la
nation qu'il fervoit. Il étoit entré
jufque dans les fecrets les plus ca-
chés de l'Etat, il avoit apris par une
des confidentes de la Reine que cette
Princeffe devoit fa Couronne au Ciel
même par une avanture finguliére :
Ces Peuples fuperftitieux l'avoient
trouvée un jour dans une Ifle qu'ils
croyoient inhabitée, & cela dans un

tems

tems que la nation gouvernée ordinairement par des femmes venoit
de perdre fa Reine. Ils s'étoient per-
fuadés que leur Dieu nommé *Choukaki*
ou *Bouc* à la barbe rouffe , leur en-
voyoit cette adorable fille pour les
gouverner. Dans cet efprit , ils l'a-
voient dépofée dans la Maifon Roya-
le. Les Sages de l'Etat avoient pris
foin de fon éducation , & lorfqu'elle
avoit été en âge ils l'avoient cou-
ronnée : elle avoit donné des preuves furnaturelles d'un efprit fi fupé-
rieur en les gouvernant avec une
fageffe incomparable , qu'ils la regardoient comme une Divinité même , defcenduë fur la Terre pour
faire leur félicité.

QUELQUE fabuleufe que fût cette
relation , le Roi s'en amufa & la
trouva interreffante. Il étoit prêt à
congédier Martinensès, en lui pro-
mettant d'examiner le projet qu'il
avoit prefenté pour travailler à affer-
vir cette Reine & fon Empire , mais
l'adroit Avanturier qui s'étoit réfer-
vé le coup heureux qui devoit décider de fa fortune, pria le Roi de

permettre

permettre qu'il lui preſenta le portrait de la jeune Souveraine dont il
lui avoit fait l'Hiſtoire : le Prince
tendit la main aſſez indifféremment,
ne s'attendant qu'à voir les traits
d'une beauté Africaine, mais que ne
devint-il pas lorſqu'il eut enviſagé ce
portrait ? il s'écria qu'il n'avoit jamais rien vû de ſi beau dans ſa vie,
& proteſta que ſi l'Original reſſembloit à la copie, que cette Reine
quelle qu'elle fût, méritoit l'Empire
de l'Univers.

MARTINENSE'S qui avoit ſoupçon-
né l'effet que devoit faire ſon portrait n'en parut pas ſurpris, il aſſu-
ra le Roi que la copie n'aprochoit
qu'à peine de la belle Princeſſe qu'il
repreſentoit, & que l'eſprit dont elle
étoit douée étoit au deſſus des élo-
ges que méritent les eſprits les plus
brillans.

IL ne falloit pas un plus grand détail pour achever d'interreſſer le Monarque étonné. Le croira-t'on ? Ce
Prince prit à la vûë de ce portrait
un amour qui ſe déclara par les plus
ſoigneuſes circonſtances ; Martinen-
ſés

sés eut ordre de se tenir prêt à partir
avant un mois. Il fut mis à la tête de
quatre Vaisseaux de guerre chargés
de Soldats & de munitions : il avoit
ordre d'employer tous ses efforts pour
tâcher d'enlever cette belle Souveraine de ses Etats, & en cas qu'il y
pût réussir, il lui promettoit la Charge de Directeur Général de toutes
ses Découvertes, avec des émolu-
mens qui le rendroient le plus riche
particulier de l'Univers.

MARTINENSE's assûra le Roi que
si les vents respectoient son zèle &
les ordres qu'il recevoit, qu'avant
un an il seroit revenu en Angleterre, avec la Princesse. Après son départ, le Roi tomba dans une rêverie
qui ne le quitta plus ; il comptoit les
jours, il attendoit cette jeune beauté
avec une impatience sans égale.

HUIT mois après le départ de
Martinensès, son retour fut annoncé au Roi par un Courier dépéché sur
le champ par le Gouverneur du Port
où il avoit débarqué. A peine ce
Prince put-il attendre l'arrivée de
Martinensès dont il avoit apris l'heu-

reufe réuffite, en lui amenant la Souveraine des climats dont il a été parlé.
Sans les égards qu'il devoit à fa digni-
te fuprême & aux loix du Royaume
qui ne permettent pas qu'un Souverain defcende aux moindres égards,
il feroit allé lui-même la chercher :
il s'en étoit fait une fi haute idée,
qu'elle le gouvernoit avec l'Empire
le plus abfolu.

ENFIN il la vît cettè adorable
Reine, & cette vûë décida de leur
deftinée mutuelle. Pour ne point entrer dans un détail trop long, il l'ado-
ra ; elle n'avoit que quatorze ans
alors ; à dix-huit ans, elle parut auffi-
bien inftruite des ufages de la Nation, & fçût auffi-bien parler Anglois, qu'une Angloife même. Le Roi
crut qu'il étoit convenable pour la dé-
dommager de l'Empire qu'il lui avoit
fait perdre, de la faire monter fur
fon Trône. Il y avoit deux ans qu'elle
y étoit placée, lorfque Dom Pédre
arriva en Angleterre ; elle faifoit les
délices de la Nation. En aportant
fon Empire au Roi, elle écrivit à fes
Peuples, & leur ordonna, en Souveraine,

faine , de reconnoître fon Epoux
pour leur Roi. Ces Peuples en rece-
vant fa lettre , fe profternérent en
la lifant. Le préjugé fubfiftoit, ils
regardoient les ordres de leur Princeffe comme émanés de *Choukaki* lui-
même ; ils reçurent les Anglois, &
cette conquête devint une dot affez
importante pour empécher que les
Peuples interreffés ne fe plaigniffent
d'un Mariage autant extraordinaire
que romanefque , & qui n'avoit jamais eu d'exemple depuis que la Mo-
narchie fubfiftoit.

Le Roi ayant averti Dom Pédre
qu'il vouloit le prefenter lui - même
à la Reine dont on vient de raporter l'Hiftoire, ce fameux Général fe
rendit avec Emilie & fon Fils à l'heure qui lui avoit été affignée. Il y avoit
un tems confidérable qu'ils defiroient
tous cette entrevûë. Selon les loix de
ce tems-là , il n'étoit pas permis à
aucun Etranger de paroître devant
la Reine. Le Palais leur étoit interdit :
Emilie aprit cette honorable diftinc-
tion avec une joye qui ne peut s'exprimer.

C 2　　L a

La Reine étoit à sa Toilette, il sembloit que les graces lui eussent prêté tous leurs attraits : Dom Pédre en l'aprochant sentit une émotion dont il fut surpris, il n'étoit pas accoutumé à de pareils mouvemens. Pour Dom Cristanval, quelque prévenu qu'il fut de la beauté de cette Princesse qu'on lui avoit vanté mille fois, il resta immobile, & ne put proférer un seul mot : Emilie s'arrêta en entrant, ses yeux avides, sans en sçavoir la raison secrette, parcoururent avec une curiosité interressée les traits de la Princesse. Le Roi qui annonçoit à la Reine ces illustres Etrangers, & qui presentoit Dom Pédre comme un héros à qui l'Angleterre devoit son salut, ne fit aucune attention aux mouvemens divers que la vûë de sa divine Epouse occasionnoit. Un cri que jetta Emilie en se laissant tomber à la renverse, lorsque la Reine fut au-devant d'elle pour la recevoir, le surprit autant qu'il l'interressa. Tout le monde accourut à son secours : elle étoit sans sentiment, on ne sçavoit qu'augurer

gurer d'un événement auffi imprévû ; cet accident fit remettre la conférence à une autre fois. Dom Pédre
en attribua la caufe à l'humiliation
qu'avoit euë la Princeffe fa femme
de paroître en Sujette, elle qui étoit
née pour commander. Il ne penfoit
pas aux véritables caufes, & n'avoit
garde de les imaginer.

Il fe retira avec une inquiétude
qui ne lui étoit pas ordinaire, il crut
d'abord qu'elle procédoit de la frayeur
que lui avoit caufé l'événement dont
on vient de parler ; il aimoit tendrement Emilie, il fe perfuadoit qu'il
ne pouvoit rien lui arriver qu'il ne
le partagea avec beaucoup d'intérêt ; pour Criftanval, il fçût bien-
tôt, à n'en pouvoir douter, quel
étoit le principe de la profonde mé-
lancolie qu'il remporta de cette premiére vifite : l'agitation où il fe trouva dès ce moment fatal, lui fit connoître qu'il aimoit : l'image de la
Reine fe grava dans fon cœur, il ne
vit plus qu'elle, tant fon imagination
en étoit remplie. Il n'avoit connu
jufqu'alors que les charmes de la
C 3   gloire,

gloire, il ne penfa plus qu'à ceux
de l'amour.

Sɪ ces illuftres Etrangers étoient
agités de ces mouvemens divers, la
Reine qui les avoit occafionnés n'en
fut pas exempte elle-même. Elle
avoüa à Miledi Sindhel fa Confidente
& fa Favorite, qu'elle avoit reffenti,
à la vûë de ces étrangers, un trouble
qui ne lui étoit pas ordinaire, &
qu'elle ne pouvoit encore concevoir
ce qui avoit pu y avoir donné lieu.

Cᴇᴛᴛᴇ belle Princeffe en perdant
le nom de fille n'en avoit pas perdu
l'innocence. La deftinée fupréme
l'avoit affervie fous le joug de l'Hy-
men fans que fon cœur eut fléchi fous
celui de l'amour ; accoutumée, à
remplir tous fes devoirs, elle regardoit celui d'aimer le Roi fon Epoux
avec la plus fincére amitié comme
le principal, mais c'étoit-là le feul
nom qu'on pouvoit donner à fes fentimens ; ils n'avoient rien de plus ;
elle ne fçavoit pas qu'il étoit poffi-
ble qu'ils fuffent fufceptibles d'autres impreffions.

Lᴇ jeune Criftanval étoit d'une
figure

figure aimable. Sa phisionomie pré-
venoit si fort en sa faveur qu'il étoit
presque impossible de le voir sans
l'aimer. La Reine vanta ce Héros
naissant comme on vante un beau
tableau : elle ne sçavoit pas que l'exa-
men que fait une femme d'un homme
dont le mérite est supérieur, devient
alors un dispositif heureux qui dé-
termine ; elle se livroit à son admiration sans pressentir que le poison
de l'amour le plus subtil, est celui
qui se presente par les yeux.

Les fêtes qui se donnérent à l'occasion des Victoires, remportées la
Campagne précédente sur les Espa-
gnols, ne contribuérent pas peu à
augmenter des idées que l'absence,
la raison, & le tems auroient peut-
être dissipées ; mais cette douce liber-
té, qui suit ordinairement les plaisirs,
procura des momens trop précieux :
le jeune Cristanval qui vouloit plai-
re, profitoit des bals fréquens pour
se presenter à la Reine sous les dé-
guisemens les plus avantageux, &
cette Princesse sans y penser, con-
couroit par ses heureuses préventions

à nourrir une ardeur qui devoit dans
les suites enfanter les événemens les
plus funestes & les plus affreux.

PENDANT que Dom Cristanval s'a-
bandonnoit aux charmes d'une passion naissante, le célébre Dom Pédre travailloit aux préparatifs de son
voyage. Le Roi d'Espagne avoit ac-
cepté les offres qui lui avoient été
faites. Le desir de se vanger lui avoit
fait abréger le cérémonial & les lon-
gueurs; sa mauvaise humeur qui avoit
plusieurs sources, avoit reveillé en
lui son penchant à la cruauté: il lui
sembloit que tant que Dom Pédre
vivroit, il seroit malheureux. C'étoit
par un des espions qu'il entretenoit
dans toutes les Cours, depuis qu'on
lui avoit enlevé Keelmie, pour en
aprendre des nouvelles, qu'il avoit
apris que Dom Pédre étoit encore
existant; cette connoissance l'avoit
transporté de fureur, il avoit juré
qu'il ne feroit jamais la paix que le
Sujet rebelle ne lui fut livré, & dans
cet esprit, il méditoit sans cesse sur
les moyens de pouvoir parvenir aux
fins cruelles qu'il se proposoit.

LA

LE Roi d'Angleterre qui fut averti de ces difpofitions, preffentit encore Dom Pédre fur le danger qu'il alloit courir, & l'invita à fe défifter d'une entreprife auffi périlleufe, mais l'Efpagnol avoit trop de courage pour qu'aucun rifque l'intimida : il s'en expliqua même avec tant de fermeté que le Monarque fe rendit à fes defirs. Afin de faire de fon côté, tout ce qui dépendoit de lui pour affûrer des jours qui lui étoient fi utiles, il le revêtit des caractéres les plus propres à fe faire refpecter. Il fut nommé Ambaffadeur extraordinaire, & dans les lettres dont il étoit chargé, le Prince ajoûta le titre de fon Parent à celui de fon Ami : c'étoit donner à cette Ambaffade tout le relief & l'éclat qu'elle pouvoit avoir. La Princeffe Emilie ne fçût le départ de fon mari que la veille : on le prétexta d'autres motifs, & on lui cacha foigneufement les périls qu'il alloit courir & le lieu où il devoit fe rendre ; tendre comme elle étoit pour un Epoux fi cher, ç'auroit été avancer des jours que la cruauté devoit

bien-

bien-tôt moiſſonner. L'adieu qu'elle reçût & qu'elle fit à ſon Epoux trop aimable, ſembloit preſſentir les malheurs qui devoient réſulter de cette ſéparation, le preſſentiment agiſſoit, & il étoit fondé pour agir.

CHAPITRE XVII.

PENDANT que Dom Pédre fend l'onde & ſe preſſe d'arriver en Eſpagne, la belle Keelmie s entretenoit en elle-même des ſecrets que l'Ambaſſadeur lui avoit confié la veille de ſon départ. Il avoit imaginé un moyen de faire ſa paix avec le Roi d'Eſpagne qui lui paroiſſoit infaillible : & ce moyen étoit conçû ſur la connoiſſance qu'il avoit de ſa paſſion pour cette fille adorable ; afin de ne point le rendre douteux, il lui avoit fait part de ſon voyage, en l'aſſûrant qu'il en profiteroit pour pénétrer ſi le Roi ſon Amant étoit toûjours dans les mêmes diſpoſitions pour elle ; & en lui demandant en cas que cela fût, la maniére dont elle

elle defiroit qu'il traita cette matiére.

La fage Keelmie confervoit trop chérement fon amour, pour ne pas travailler aux efpérances flatteufes que Dom Pédre offrit à fon efprit, elle ne diffimula point fes fentimens fecrets pour ce Prince : elle avoüa même que s'il pouvoit parvenir à rendre légitime la paffion qui régnoit encore dans fon cœur, qu'il feroit fa félicité. Dom Pédre lui jura qu'il en feroit fon objet le plus preffant ; après une heure d'entretien à ce fujet, il fouhaita que Keelmie écrivit au Roi vers lequel il étoit envoyé, afin d'avoir des preuves toutes prêtes à mettre en ufage en cas de befoin. Cette illuftre fille fe laiffa conduire, & remit à l'Ambaffadeur une lettre pour le Roi d'Efpagne, qui contenoit l'Hiftoire de fon enlévement par Gufman, les obligations extraordinaires qu'elle avoit à ceux qui avoient confervé fes jours : enfin que fans leurs fecours généreux, elle feroit privée depuis long-tems d'une vie qui lui feroit toûjours chére tant qu'elle auroit lieu d'efpérer. La lettre

se

ſe terminoit par une aſſûrance, que
ſi ſa tendre fidélité n'étoit pas cou-
ronnée par un illuſtre Amant qu'elle
avoit toûjours aimé, qu'elle aime-
roit toûjours, & ſans lequel le monde
lui devenoit à charge, elle s'enfer-
meroit dans un Cloître, & y reſte-
roit le reſte de ſes jours.

Dom Pe'dre ſouhaita que cette
lettre fut cachetée, & qu'il parut
ignorer ce qu'elle contenoit, & les
raiſons ſecrettes qui y donnoient lieu;
il exigea encore pour prévenir tous
les événemens, qu'elle lui promît de
ne ſortir jamais de chez lui, ſous
quelque prétexte que ce fût pendant
ſon abſence, ſans qu'on lui rendit
la moitié d'une médaille qu'il avoit
fait couper en deux, & qui étant
raportée à celle qu'il lui laiſſa, devoit
ſe réünir ſi parfaitement qu'elle devoit faire un tout, & prouver que
les lettres qui lui ſeroient renduës,
venoient indubitablement de lui;
Keelmie qui pénétra les motifs ſecrets qui obligeoient Dom Pédre à
ces prudentes précautions, lui jura
ſur ce qu'il y a de plus ſacré, qu'elle
ſeroit

feroit exacte à fuivre fes avis , &
que rien dans le monde ne feroit
capable de l'en faire écarter.

Quelques jours après le départ de
Dom Pédre , la Reine qui depuis
qu'elle connoiſſoit l'aimable Emilie,
ne pouvoit plus vivre fans elle, profita de l'abfence du Roi qui étoit à la
Chaſſe , pour lui rendre une vifite ;
l'on n'étoit pas dans ces tems éloi-
gnés fur le ton cérémonial, comme
on y eſt aujourd'hui : les Rois hono-
roient quelquefois de leur prefence les
Courtifans que leur mérite illuſtroit,
& loin que de telles bontés dégra-
daſſent la puiſſance fuprême , elle
ajoûtoit à fes attributs un amour qui
l'affermiſſoit mille fois plus que le
refpect politique, qui en fait la baze,
& qui ne doit fouvent fa naiſſance
qu'à la crainte & à la terreur.

Emilie depuis le départ de Dom
pédre étoit incommodée, & c'eſt ce
qui l'empêchoit de faire fa cour à la
Reine : elle fut extrêmement fenfi-
fible à l'honneur de fon amitié, &
elle la lui marqua dans les termes le
plus reconnoiſſans. Le jeune Criſtanval,

val, qui ne laiſſoit échaper aucune
des occaſions de ſe preſenter aux
yeux de la Reine, profita de celle-
ci avec tout l'empreſſement dont il
étoit capable ; Emilie étoit trop clair-
voyante, & connoiſſoit trop bien les
impreſſions de l'amour, pour ne pas
démêler la ſource des reſpects de
ſon Fils : elle trembla à cette connoiſſance, & prévint les malheurs qui
en pouvoient réſulter.

LA Reine après les premiers témoignages d'amitié, demanda à Emilie de voir ſa Niéce : il n'étoit pas
poſſible de refuſer une priére, qui,
dans la bouche de la Princeſſe, devenoit un ordre. On avoit feint de l'a-
vis de Dom Pédre, pour éviter à
Keelmie des viſites, qui pouvoient
tôt ou tard la faire découvrir, que
cette jeune perſonne étoit incommodée depuis long-tems d'une mala-
die qui ne lui permettoit pas de prendre l'air, & ce prétexte avoit paru
ſi naturel qu'on n'avoit pas fait de
plus fortes inſtances de la voir. Keelmie étant avertie du deſir de la Reine, n'héſita point à le ſatisfaire, elle
ſçavoit

sçavoit que cette Princesse n'étoit accompagnée que de sa favorite, & elle ne crut pas qu'elle eut rien à risquer : la Reine la trouva charmante, lui fit mille amitiés, & lui dit en soûriant qu'elle sçavoit un très-mauvais gré à ses indispositions, puisqu'elles privoient la Cour d'un ornement qui ne pouvoit que l'embellir, & qui étoit digne d'y être admiré.

Les politesses des Grands acquiérent dans leur bouche un degré de bonté, dont la douce puissance asservit tous les cœurs ; la sage Keelmie éprouva l'effet de cette vérité ; elle prit une tendre amitié pour cette Princesse, & elle la lui témoigna dans les termes les plus capables de la persuader. La Reine depuis le départ de Dom Pédre, ne passoit presque pas un jour sans voir Emilie : elle ne pouvoit plus vivre sans elle, comme on la déja dit : un sentiment secret agissoit, & on connoîtra dans son lieu qu'il étoit fondé pour agir.

Le Roi avoit coutume au retour de la chasse de passer dans l'Apartement de la Reine, coutume à laquelle il ne manquoit jamais. Un jour ayant apris à la chasse que cette Princesse étoit chez Emilie, il congédia tous ceux qui lui faisoient la cour, dans l'idée d'aller surprendre la Reine qu'il aimoit tendrement. Il défendit, en entrant chez Dom Pédre, qu'on l'annonça, & parut tout-à-coup : Emilie n'étoit point préparée à l'honneur de sa visite, & elle produisit bien des événemens.

LA Reine sans en pénétrer la raison, ne put s'empêcher de rougir dans le moment qu'il entra ; le Prince ne douta point que ce ne fut de joye de le revoir, & comme il conservoit pour elle ces premiéres impressions d'un cœur bien épris, il la lui marqua par le plus tendre embrassement. Cristanval souffrit de ces témoignages d'un amour qui lui donnoit de la jalousie : Keelmie de son côté, tremblant que le premier Ministre ne survint, comme cela paroissoit naturel, étoit dans une agitation qui ne trouve point de termes pour être bien exprimée.

CE que cette aimable fille avoit
toûjours

toûjours craint ne manqua pas d'arriver, Milord Portemhil s'étant rendu chez le Roi, & ne l'ayant point
trouvé, se fit porter chez Dom Pédre, & entra selon les droits attachés
à sa charge, sans être annoncé ;
Keelmie, que son inquiétude rendoit
attentive à la porte, frémit en le reconnoissant ; elle étoit debout à côté
de la Reine, le Ministre venoit tout
droit à elle, leurs regards se ren-
contrérent, le Ministre jetta un cri
de joye & s'évanouit, pendant que
Keelmie tomba à côté de la Reine
sans sentiment.

CET événement étoit trop mar-
qué pour qu'on ne se persuada pas,
qu'il avoit une relation bien interressante entre ces deux personnes :
le Roi ne s'y méprit point. Je gage,
s'écria-t'il, en adressant la parole à
la Reine, que Keelmie qui passe ici
pour la Niéce de Dom Pédre, est la
fille de Milord, vous sçavez quels
ont été ses regrets, lorsqu'elle lui
fut enlevée, & que depuis ce tems,
rien n'a pû l'en consoler : il la retrou-
ve, sa joye le saisit, je comprens

tout cela, mais je n'imagine point ce qui a pu empêcher une fille si tendrement aimée, de se rendre à un Pere dont elle ne peut pas ignorer que son abfence ne caufe tous les regrets.

KEELMIE revint la premiére, elle fut fe jetter aux pieds de fon Pere, & arrofa fes mains de fes larmes; il ne tarda pas long-tems à reprendre l'ufage de fes fens. Je n'entreprendrai point de dépeindre cette reconnoiffance, elle eut cette force qui faifit, qui attendrit, qui touche; des pleurs de joye furent entremêlées des tranfports les plus doux, la nature feule les fit naître; le tems & la raifon avoient banni les mouvemens affreux dont on a été obligé de rendre compte, le Roi, la Reine & Criftanval, prenoient un tendre intérêt à cet événement, & en effet il ne pouvoit pas être plus touchant.

LORSQUE les premiéres furprifes eurent fait place à un entretien moins confus, l'on fouhaita avec empreffement d'aprendre par quel miracle Keelmie étoit renduë à fon
Pere,

Pere, & tout ce qui lui étoit arrivé depuis le jour fatal qu'elle en avoit été séparée. Le premier Ministre qui vit que cette question la jettoit dans un embarras qui se lisoit dans ses yeux, la rassûra en lui disant qu'il n'avoit rien de caché pour ses Maîtres, & qu'elle pouvoit s'expliquer avec toute la franchise possible. Cristanval conçût qu'il lui convenoit de s'éloigner, & on admira sa prudence : la fille de Milord moins gênée rendit compte de ce qui lui étoit arrivé, elle jugea à un coup d'œil que lui jetta son Pere, qu'il falloit suprimer de son récit l'Histoire de leur passion criminelle ; elle se conduisit avec tant d'esprit dans le détail qu'elle fit de ses Avantures, que ceux qui les ignoroient ne purent soupçonner ces endroits honteux, dont il a été parlé. Son Pere connut par ce récit qu'elle s'étoit guérie de sa passion, sa joye avoit été entremêlée d'inquiétude & d'alarmes secrettes, mais à peine put-il la contenir lorsqu'il jugea que sa fille avoit remporté la même victoire que lui, & qu'un amour

 raisonnable

raifonnable & glorieux avoit fuccé-
dé à une paffion, que fa fageffe avoit
toûjours eu en horreur.

LE Roi trouva dans l'Hiftoire de
Keelmie bien des fujets de s'en félici-
ter. Il aprenoit que le Roi d'Efpagne
avoit aimé cette aimable perfonne
au point de vouloir l'époufer, il ne
doutoit pas après la connoiffance que
Dom Pédre avoit de cet amour, qu'il
ne faifit ce moyen pour obtenir fa
grace & pour amener les chofes au
gré de tous fes defirs.

QUELLES que fuffent les avantages
qu'on eut remporté fur le Roi d'Efpagne depuis l'arrivée de Dom Pédre
en Angleterre, ce Prince n'ignoroit
pas combien les pertes précédentes
l'avoient affoibli; il ne falloit qu'un
revers pour replonger fon Royaume
dans la crife dont la valeur du nouvel
Ambaffadeur l'avoit retiré; il defiroit la paix comme tous fes peuples,
& il ne pouvoit que s'aplaudir de
trouver les moyens de la rendre avan-
tageufe & d'y parvenir.

LES hommes d'Etat travaillent
par-tout, & envifagent dans un in-
ftant

ftant plufieurs objets différens ; le
Roi qui avoit faifi pendant le cours de
l'Hiftoire de Keelmie tous ceux dont
on vient de donner une légére idée,
les trouva fi importans qu'il fit figne
à fon premier Miniftre de le fuivre
pour les méditer plus tranquilement:
cette célébre vifite fut terminée par
des témoignages d'amitié de la part
du Roi & de la Reine, & du côté
d'Emilie & de Keelmie, par les pro-
teftations les plus fincéres de reconnoiffance & de refpeét. Avec d'auffi
doux préjugés ofoit-on craindre aucun facheux retour. Mais hélas ! c'eft
le propre de la vie de reffembler à un
Vaiffeau flottant dans une onde ca-
pricieufe, & d'être le joüet des tra-
verfes & des événemens ; le Chapitre qui fuit en fera une trifte preu-
ve, & nous fera acheter chérement
la fuite interreffante d'une Hiftoire
dont la vérité eft le principal ornement.

CHAPITRE

CHAPITRE XVIII.

LE travail du Roi sur les affaires, & la conjecture presente fut si long, qu'il étoit nuit quand on le cessa ; le Monarque qui avoit besoin de nouveaux éclaircissemens pour se conduire avec habileté dans une occasion aussi délicate, ne voulut pas se coucher qu'il ne les eut tiré de celle qui pouvoit seule les lui donner ; dans cet esprit, il retourna chez la femme de Dom Pédre accompagné de Milord Portemhil qui fut bien aise que ce prétexte se presenta naturellement pour revoir une fille qu'il avoit pleuré si long-tems ; Emilie étoit seule quand le Roi arriva. Keelmie s'étoit déja retirée, & Dom Cristanval soupoit chez un des premiers Seigneurs de la Cour, & n'étoit pas encore rentré. Milord Portemhil se chargea d'aller avertir sa fille de l'arrivée du Roi, & des raisons qu'il avoit pour l'entretenir : elle étoit

couchée

eouchée, & il se passa un tems considérable avant qu'elle fut habillée,
& en état de paroître devant le Prince, peut-être aussi que la douceur de
se revoir & de s'entretenir avec li-
berté, après une si longue sépara ion,
ne contribua pas peu à ce rétard.

La conversation de la Princesse
Emilie étoit trop interressante pour
que le Roi fît attention qu'on le faisoit attendre, il aprenoit mille par-
ticularités importantes du Roi d'Espagne par sa Sœur qui l'attachoient
trop pour ne pas souhaiter au con-
traire qu'elle les continuât ; il se proposoit bien de la reprendre le lendemain, & de profiter d'une occurence
aussi gratieuse pour pénétrer mille
secrets qu'il lui convenoit de sçavoir : un Prince qui sait gouverner
ne néglige aucune des occasions qui
peuvent servir à sa politique & à
l'intérêt de son Etat.

La Princesse essayoit de satisfaire
la curiosité de ce Prince : elle en étoit
pour lors au portrait du premier Ministre du Roi son Frere, lorsque la
porte de son Apartement s'ouvrit
brusquement:

brusquement : elle frémit en voyant
entrer un Inconnu, portant d'une
main un flambeau, & de l'autre un
poignard, il étoit suivi par quatre
autres hommes armés de pistolets &
de sabres. L'aparation étoit affreuse, le danger évident : ô Ciel comment pourai-je décrire cet horrible
événement ? à peine le Roi avoit-il
entrevû le péril dont il étoit mena-
cé, qu'il se leva avec précipitation,
il s'écrie au secours, il met l'épée à
la main, envain veut-il conserver
ses jours menacés, les assassins l'environnent, & malgré sa valeur & sa
résistance ils le percent de mille coups
cruels.

Le sang illustre qu'on vient de
répandre inhumainement ne suffit
pas encore, une autre victime étoit
recommandée : les barbares se jettent
sur la Princesse évanouie, & sans aucun remord lui plongent leur poignard dans le sein : ce n'étoit pas
assez, les traîtres vouloient empor-
ter des preuves de la consommation
de leur horrible crime, l'un coupe la
tête à Emilie & la met dans un sac,

pendant

pendant qu'un autre travailloit de même à enlever celle du Roi.

L'ON a dit que l'Apartement de Keelmie étoit éloigné de celui de la Princesse; Milord Portemhil ne fut averti des horreurs qu'on venoit de consommer que quand il ne fut plus tems, il descend, ô monstres ! s'écria-t'il en reconnoissant à la lueur des flambeaux, l'affreuse catastrophe, il vous faut encore une victime: il fond sur les meurtriers l'épée à la main, & scéle de son sang sa fidélité & son attachement pour son Roi. Il est assassiné.

TANT d'actes horribles de la barbarie la plus cruelle, ne méritoient-ils pas une vengeance proportionnée, ne semble-t'il pas quelquefois, que le Ciel suspend ses foudres, & qu'il ménage les Criminels; les assassins se retirent avec leur sanglante proye, rien ne s'opose à leur fuite: ils reprennent le chemin par lequel ils sont venus, & courent porter au Souverain qui les employe, des témoignages trop vrais du zèle affreux auquel ils se sont dévoués.

COMMENT seroit-il possible de trouver des termes qui puissent exprimer l'étonnement terrible où se trouva Dom Cristanval lorsqu'il rentra, & qu'il se trouva à la porte de l'Hôtel ? en descendant de son carosse, il entrevit des traces de sang, qui le firent frémir : un de ses gens lui fit remarquer que les portes étoient ouvertes. O Ciel ! s'écria t'il, que signifie ce que je vois : il entre, les premiers objets qui frapent sa vûë, font des corps morts épars tristement sur la terre, on reconnoît les domestiques d'Emilie assassinés, la fureur transporte le jeune héros, ces préliminaires de barbarie lui font suposer des actes encore plus cruels, il frémit pour sa Mere, il soupçonne confusément les motifs d'une entreprise aussi téméraire, il vole à son Apartement : quels affreux aspects ! il en pâlit : la parole lui manque pour se plaindre, il cherche les coupables avec le désespoir & la vengeance dans l'ame, tout est désert, les criminels sont à l'abri de ses justes coups, s'il en croyoit son premier mouvement, il

se

se puniroit sur le champ du malheur irréparable qui l'a empéché de prodiguer ses jours, pour conserver ceux de la plus tendre Mere, il est si possédé de sa douleur, qu'il va, qu'il vient, & qu'il ne prend aucun parti.

APRE's avoir parcouru toute la maison, son affreuse inquiétude le conduisit à l'Apartement de Keelmie, il y frape à cent coups redoublés. Son aveugle désespoir lui fait oublier que c'est celui de cette jeune personne, il se persuade que c'est l'azile où se sont retirés les meurtriers, on ne lui répondit point, il se confirme dans sa conjecture : il cherche un instrument pour enfoncer cette porte, ses gens trouvent ce qu'il demande, sa force ne trouve rien qui lui résiste, trois portes consécutives son jettées en dedans, il entend bien-tôt des cris effroyables, & il ne reconnoît pas la voix qui les profére ; il n'écoute que celle de sa fureur.

IL entre l'épée à la main dans la chambre de Keelmie, un More qui la servoit s'opose à sa violence, le dé-

sespoir se lit dans ses yeux, un coup
d'épée étend l'esclave à ses pieds ;
des femmes s'écrient, l'environnent ;
enfin, en reconnoissant Keelmie pro-
sternée à ses genoux, il reconnoît
son erreur, il frémit de son propre
courage : il devient immobile, il veut
parler, la bouche lui reste entr'ouver-
te, que doit penser la craintive Keelmie de tout ce qui vient d'arriver,
de tout ce qu'elle voit, n'a-t'elle pas
lieu de craindre que Cristanval ne
veuille se porter contre elle aux plus
effroyables extrémités.

REVENANT enfin à lui-même il alloit
aprendre à la craintive, fille du premier Ministre, les justes motifs de
son désespoir & de sa fureur, lorsqu'une foule de Gardes du Roi entra avec précipitation dans l'Apartement, & se jetta sur lui. Il veut d'a-
bord résister, faire comprendre à
l'Officier qui commandoit la troupe,
son erreur ; mais on le trouve l'épée
à la main, l'œil interdit, la phisionomie égarée, on le croit l'Auteur du
désordre dont on vient d'être averti : on l'enchaîne, on l'enléve, & on
l'attache

l'attache jusqu'à ce qu'on soit mieux instruit ; on ne tarde pas à l'être, à peine la Garde qui l'environne peut-elle empêcher qu'il ne soit déchiré en passant devant le peuple attroupé , on le descend dans un noir cachot , on l'y laisse en proye à tout ce que la réfléxion peut representer à l'esprit de plus funeste & de plus malheureux.

Un Domestique échapé pendant les premiers actes de la Tragédie dont on vient détailler les cruelles horreurs , étoit allé au Palais chercher du secours , & avoit averti du danger que sa Maîtresse couroit : avant qu'il pût parvenir à etre introduit vers l'Officier , il s'étoit perdu un tems considérable, & ce tems perdu avoit occasionné tout ce qui étoit arrivé, on ignoroit que le Roi fut sorti de son apartement : il s'étoit rendu chez Dom Pédre par un escalier secret qui communiquoit de son Palais à la maison de ce grand-homme ; l'Officier fut rendre compte au Capitaine des Gardes de l'avis qu'on lui donnoit , & il dépêcha sur le champ un

Détachement des Gardes fans avoir
aucun foupçon de l'importance de
cette affaire. Le Commandant du
Détachement en arrivant à l'Hôtel
ne s'étoit pofté que du côté où il
avoit entendu du buit, les portes que
Dom Criftanval enfonçoit l'occafion-
noit ; il arrive, & le furprend l'épée
à la main, il ne doute pas qu'il ne foit
l'Auteur de tout le carnage dont il
a entrevu en entrant les veftiges.
Avant de rien ordonner, il parcourt
les Apartemens , entre dans celui
d'Emilie, & recule deux pas d'horreur. En reconnoiffant le corps de
fon Maître, de fon Roi nageant dans
fon fang, il ne peut le méconnoître à
fes habillemens royaux : il cherche fa
tête, il s'écrie, & en conféquence de
fon effroi, l'on aprend la caufe af-
freufe qui y donne lieu, tout réten-
tit, tout gémit : les peuples réveil-
lés par des clameurs , & des hurle-
mens fi légitimes fortent de leurs maifons, ils aprennent confufément l'ac-
te barbare commis contre leur Souverain. En moins d'une heure le bruit
de ce meurtre effroyable fe répand,

il

il parvient enfin jusqu'au Palais, où on ignoroit encore le malheur affreux dont l'horreur retentiſſoit de toutes parts.

A PEINE la nouvelle de la mort violente du Roi y fut-elle ſçûë, que la Reine qui venoit de ſe coucher effrayée du bruit qui perçoit juſque dans ſon Apartement, demanda qu'elle en étoit la cauſe. Hélas ! on ne la lui aprit que trop tôt ; la Reine tomba en foibleſſe à cette terrible nouvelle, & elle fut plus de deux heures ſans en pouvoir revenir.

Tous les grands de l'Etat s'aſſemblérent auſſi-tôt dans ſon Apartement, & attendoient avec une impatience extrême qu'elle eut repris l'uſage des ſens ; il falloit convenir des meſures qu'on devoit prendre dans une occaſion auſſi importante, & auſſi délicate que celle de la mort du Souverain. On ſoupçonnoit une conſpiration générale de la part de l'Eſpagne, & comme on ne doutoit pas que le fils de Dom Pédre ne fût un des Chefs de l'entrepriſe, & qu'il n'eût agi en conſéquence des ordres

E 4   du

du Roi d'Espagne & de son Pere ;
on vouloit concerter les moyens les
plus efficaces pour empêcher que le
mal ne fut porté à un plus affreux
dégré.

IL fallut tout l'art des Médecins,
qui environnoient le lit de la Reine,
pour la mettre en état de présider à
ce Conseil important. Elle comman-
ça par ordonner qu'on fit le procès
au traître qui avoit consommé tant
d'horreurs : elle frémit en aprenant
son nom, elle avoit conçûë pour
Cristanval l'éstime la plus dinstin-
guée, & elle ne pouvoit comprendre qu'après l'avoir méritée, il s'en
fut rendu ind'gne, par des actes aussi
noirs, & qui paroissoient si peu convenir à tout zèle qu'il avoit montré
jusque-là.

L'ON dépêcha des Couriers à tous
les Gouverneurs dans toutes les Pro-
vinces, pour les avertir de l'Evéne-
ment épouvantable dont on gémissoit
à la Cour, avec ordre de se tenir
exactement sur leurs gardes, pendant qu'on travailloit à purger la Capitale, des traîtres dont on la soupçon-
noit

noit remplie, & qui pouvoient encore
s'y cacher. Des Détachemens fans
nombre furent envoyés à toutes bri-
des après les Auteurs du crime. Dans
la prévention où on étoit qu'ils ti-
roient du côté de l'Efpagne, les portes de la Ville furent fermées, & on
fit dans toutes les maifons des recher-
ches exactes, après avoir publié à
fon de trompe, une Déclaration qui
ordonnoit fous peine de la vie de ne
recéler aucun Etranger, & de le li-
vrer dans le jour aux bras féculier.

La Reine fe rendit, par l'avis du
Confeil qui lui fut donné fur le foir,
à l'Affemblée des Communes, où felon l'ufage, on lui continua la Souveraine autorité pour l'année feule-
ment (ufage qui avoit lieu pendant
ce tems, à caufe qu'on fupofoit qu'elle
pouvoit être groffe.) On lui nomma
des femmes qui devoient la veiller
nuit & jour au nombre de neuf, pour
qu'il ne pût point fe faire de fupofi-
tion d'enfant, comme cela étoit arrivé le Régne précédent, mais à l'ex-
ception de cette dépendance, elle
étoit abfoluë, & fon autorité étoit la
même

même que celle des Rois. La même loi qui donnoit cette puiſſance, la lui ôtoit au bout de l'année, lorſqu'elle ne donnoit point un héritier à la Couronne ; alors elle deſcendoit du Trône pour être confinée dans un Monaſtére où elle portoit un deuil éternel. Telles étoient les coûtumes dans les tems reculés, elles ont changé, & à peine ſe ſouvient-on qu'elles ayent exiſté.

LES trois premiers jours furent employés à ces arrangemens : le quatriéme on délivra des Patentes qui érigoient des Juges pour faire le procès au Criminel : le cinquiéme ces Juges s'aſſemblérent, & Dom Criſtanval leur fut amené ; il n'y avoit que ſur lui ſeul & ſur ces gens, que le ſoupçon fût tombé ; ils avoient été arrêtés les armes à la main, & cette conſidération faiſoit tout dans la terrible circonſtance où l'on ſe trouvoit alors.

CRISTANVAL parut dans l'Aſſemblé d'un air ſi tranquile, & donna de ſi bonnes preuves contre l'accuſation injuſte qu'on oſoit former contreſon

innocence,

innocence, que les Juges furent extrêmement embarraſſés de la maniére
dont ils devoient ſe conduire dans
une affaire auſſi délicate : nul témoi-
gnage ne dépoſoit contre lui, nul pa-
pier, nulle relation avec les Etrangers, les interrogations faites à chacun de ſes gens en particulier, alloient
toutes à ſa décharge, le tems de l'Aſ-
faſſinat, la combinaiſon des lieux où il
s'étoit trouvé, tout étoit rélatif à ſes
réponſes, tout parloit pour ſon innocence.

Nonobstant ces heureuſes pré-
ſomptions, il fut envoyé dans la pri-
ſon, il n'étoit pas poſſible que le
meurtre ſe fut commis ſeul, il falloit
en punir l'Auteur : malheur au Fils
de Dom Pédre, s'il ne prouvoit pas
clairement quels étoient les Aſſaſſins;
il avoit beau faire valoir les moyens
qu'il avoit mis en uſage, auſſi vaine-
ment eut-il repreſenté qu'il n'étoit
pas naturel qu'il eût porté des mains
parricides ſur une Mere qu'il aimoit
ſi tendrement, rien ne pouvoit le
ſauver ſans un miracle, il devoit
s'attendre infailliblement à mourir

d'une

d'une mort ignominieufe : la Loi dé-
cidoit fur la fimple préfomption.

La Reine à qui l'on communiqua
le même jour les défenfes de Criftanval, penfa comme les Juges que le
Fils de Dom Pédre ne trempoit en
aucune maniére dans les crimes dont
on pourfuivoit la vengeance : elle
foûpira du danger affreux où étoit
expofé un homme dont la valeur du
Pere, & la fienne même avoit été fi
favorable à la Nation ; fi elle avoit
ofé faire envifager ces chofes, fon
eftime pour le Prifonnier les auroit
alléguées, mais à la place où elle
étoit, il falloit qu'elle le pourfuivit,
qu'elle le fît mourir ; fi elle eut écouté
tout autre fentiment, elle fe feroit per-
due, & feroit devenuë elle - même
complice de l'Affaffinat du Roi fon
Epoux ; telle étoit l'opinion vulgaire
que le préjugé autorifoit.

Fin de la Quatriéme Partie.